兒童成長故事注音本

演反派的叔叔

劉健屏　著

中華教育

目 錄

1. 演反派的叔叔

「湯司令 —— 到！」

隨着一聲呼喊，院子的門被「嘭」地一腳踢開了。門外撞進來一個黑乎乎、壯墩墩的男孩 —— 囉，好傢伙，瞧他是怎樣一副神氣！

憑我的概括能力，要描寫他那副樣子，只需用一個字就夠了：「歪」。

首先，他的帽子是歪戴的，帽子的頂圈裏面大概用甚麼東西撐着，變得直挺挺的，像隻大蓋帽；帽子前沿不知嵌了一隻汽水瓶蓋子還是醬油瓶蓋子，亮閃閃的算作「帽徽」；他把

帽舌壓得低低的，你要看清他的眼睫毛，非得蹲下身子仰起脖子才行。其次，看他腰裏繫着的那根「子彈帶」——其實只是用牛皮紙編結的「紙帶」，從左邊的腰眼裏差不多歪到了右邊的大腿上，上面還斜掛着一支塑料射水手槍在晃呀蕩的。再看看他那張故意撇向一邊的嘴巴吧，嘿，那簡直就要歪到耳朵根了。還沒有完啊，他那走路的架勢更讓人受不了，大搖大擺的，活像一隻肥得走不動路的大麻鴨，一會兒歪到東，一會兒歪到西……

他叫湯小鳴，讀小學四年級。

先別忙責怪他這副「歪」模樣，各人有各人的嗜好嘛——每看一部電影或一台戲，他總喜歡模仿裏面的反派。

現在，他就是在扮演電影裏的「敵軍官」呀！

湯小鳴也說不清為甚麼特別喜歡模仿電影裏的反派，反正、反正他覺得這是挺有趣的，而且這也不像學算術那麼難，三下兩下就學會了。記得一次自習課，他遲到了，老師問：

「湯小鳴，你怎麼遲到了，到哪裏去了？」

他站在教室門口，全班同學的眼睛都盯着他。忽然，他一縮脖子，扮了個鬼臉，用手指着校門外，嬉皮笑臉地說：

「我，我從侯專員那兒來！」

好傢伙！他把電影裏「小爐匠」的台詞搬來啦，同學們還能不笑嗎！誰知，還沒等同學們笑夠，他的怪腔怪調又來了：

「你們別笑啦！都中了敵軍的奸計啦！」

當然囉，為這些事情他也沒少挨老師的批評，連奶奶也常說他「流裏流氣的，不學好樣」，但能讓人發笑也實在不是件容易的事呀！想想吧，照着電影裏的反派說一句話，做一個怪相就能引得人捧腹大笑，那多痛快！

這時，院子裏有幾個六七歲的孩子，正騎在一排小凳子上玩「開汽車」的遊戲。他們一見院門大開，「湯司令」在「歪」進來了，慌忙搬起凳子躲到一邊去 —— 他們已經嚐過滋味了，這位「湯司令」一到，災難就來了，他會把好端端的凳子變得四腳朝天，上次就為這，他們曾急得哇哇亂哭。要知道，凳腳朝天就意味着「汽車」翻車，汽車翻車這還得了？但

湯小鳴告訴他們，這一點也不能怪他，因為他是在扮「敵軍官」呀，既然是敵軍官，還能不把路邊的茶攤啦、小販啦、賣香煙火柴桂花糖的啦都踢個仰面朝天嗎？真稀奇，院子裏的幾隻老母雞看見他「歪」進來，也都嚇得嘭嘭亂飛，大概牠們也知道，「敵軍官」搞一些偷雞摸狗的勾當從來就是家常便飯。

小鳴奶奶戴着老花眼鏡，正坐在家門口縫補衣服。她一見小鳴這副模樣，氣就來了：「你這小猢猻！你甚麼時候能學得文靜一點哇？」

湯小鳴沒理奶奶的話，沒去碰娃娃們的「汽車」，當然也沒去抓雞，而是朝同院子的姜羣家走去。姜羣是他的同學，他長得矮而壯，姜羣卻長得瘦而長（讓他倆上台演相聲倒實在是天生的一對）。在平時，他們也確實一搭一檔，配合得很好，湯小鳴扮日本人，姜羣就是翻譯官；湯小鳴自封「司令」，姜羣就弄個「參謀長」幹幹。今天是星期天，他和姜羣早策劃好，要到「街心公園」進行一場「戰役」吶。

「街心公園」，只是一個供路人散步、休息的綠化區，既

沒有亭台樓閣，也沒有曲橋流水。但這裏有座「假山」很吸引人，孩子們在這裏嬉戲、追逐、捉迷藏，把假山當成了他們快活的小天地。

「湯司令 —— 到！」

又隨着這一聲喊，湯小鳴在姜羣、小三子等的簇擁下，已耀武揚威地來到了這假山下。湯小鳴每到一個地方，總喜歡這樣高喊一聲。你們沒見過電影《戰上海》裏面的敵司令湯恩伯嗎，他一出場也總有人這樣高喊一聲的。

假山上早有幾個孩子守候着，他們一見自己的「敵人」來了，「子彈」—— 泥巴立刻像雨點般地「射」了下來。

「弟兄們，衝啊！奪下山頭，賞銀萬兩！」

湯小鳴貓着腰，揮着那支射水手槍，一邊呼喊，一邊逼着小三子往上衝。「子彈」實在太密，小三子畏縮地往後退。

「不許後退！」

湯小鳴叫着，朝小三子屁股上就是一腳 —— 小三子的屁股上已有四個腳印了。

「你怎麼老踢我屁股，難道不疼嗎？」小三子揉着屁股說。

「小兵怎麼可以和司令頂嘴？快衝！」

「戰鬥」在激烈地進行着，泥巴在飛來擲去……有一對青年男女剛走進公園，一見這「戰火紛飛」的場面，只得苦笑着退了出去；有兩個老頭坐在一條長椅上下棋，猛地一塊泥巴闖進棋盤，把上面的車、馬、炮轟得七零八落，沒辦法，他們只得換地方……

好不容易，湯小鳴他們衝上了山頭，又經過一陣「肉搏」，戰鬥才告結束。他們喘着氣，擦着汗，各自檢查着「軍服」：有的掉了紐扣，有的撕了口子，有的沾滿了泥巴，但這些都是小事情，誰都無所謂。該下山了，湯小鳴忽然感到這樣正兒八經地走下去太沒派頭了，於是「歪」點子又出來了：

「喂喂！你們說我這樣一步一步走下去像個司令的樣子嗎？得坐『轎子』才行呀！」

姜羣響應最快：

「對呀！電影裏的走山路都是坐轎子的。來，我們來搭一座『轎子』。」

姜羣連忙和另一個孩子把手拉起來，托住湯小鳴的屁股；湯小鳴的後背由小三子推着。他們沿着石階一級級地往下走。儘管這是一座不很舒服的「轎子」，但湯小鳴還是感到很得意，他抖動着腿，身子不由地直朝後靠。

湯小鳴胖墩墩的，分量可重哩，推着他後背的小三子有點支持不住了，小三子剛想說：你老是往後靠，我可受不了啦！誰知，他話還沒出口，因看不見腳下的台階，一腳踩空，猛地滑了下去，湯小鳴只覺得背後一空，還沒等他弄明白是怎麼回事，身子已經往後倒下去了，正托着他屁股的姜羣和另一個孩子見此情景，一慌，又用勁往上一托，想把他托住，結果卻叫湯小鳴來了一個道道地地的「後滾翻」。只聽得「啊」一聲慘叫，湯小鳴的後腦勺與石頭碰上了。孩子們看着他的後腦勺在往外冒血，都嚇呆了。

不好了，出事啦！

小三子坐在地上哇地哭了起來，湯小鳴雙手捂住後腦勺，停了半晌才哭出聲來 —— 他也顧不上「司令」的派頭了。

這時，一個二十六七歲的叔叔正到公園來玩，他聽見哭聲，奔了過來，見這情景，不由分說地掏出手帕，一邊捂住湯小鳴的傷口，一邊抱起他，說：

「你們快去告訴他家裏的大人，我送他到醫院去！」

孩子們這才從驚呆中清醒過來，小三子撒開腿去報告小鳴奶奶，姜羣他們緊緊地跟在那叔叔後面……

在醫院裏，一圈一圈的白紗布繞上了湯小鳴的腦袋。他這一傢伙摔得着實不輕，那傷口上足足縫了有五針！姜羣嚇得臉也發白了，不敢走進門去。醫生以為那叔叔是湯小鳴家裏的人，責怪他不該讓孩子玩得太野，那叔叔只是很抱歉地笑笑。

包紮完了，醫生讓湯小鳴躺在病牀上休息。那叔叔俯下身，輕輕地問：

「小朋友，還疼嗎？你在哪個學校讀書？」

「我，我是市實驗小學四年二班的學生，叫湯……」

那叔叔聽了，微微一怔：

「實驗小學四年二班？你叫湯小鳴？」

「嗯。」湯小鳴覺得很奇怪，這叔叔怎麼會知道自己的名字的呢！他忽然覺得這位叔叔很面熟，好像在哪裏見過，瞧，

瘦瘦的臉頰，下巴上還有一顆小黑痣。但他一點也想不起來。

正在這時，門外出現了一陣騷動——是小鳴奶奶來了。

她見小鳴這一頭白紗布，急得叫了起來：「哎呀呀，我的小祖宗！你怎麼一眨眼工夫就變成這副模樣了，叫你安分守己地待在家裏，你偏要出去撒野，現在摔成這樣，你爹媽又都在外地工作，叫我怎麼向他們交代哪？」說着，竟嗚嗚地哭了。

「老奶奶，別難過。醫生已檢查過了，過幾天就會好的。」那叔叔安慰着小鳴奶奶。

姜羣跟着小鳴奶奶也走了進來。他告訴小鳴奶奶，就是這位叔叔把小鳴送到醫院來的。

小鳴奶奶這才注意到身邊還有這位年輕人，她撩起衣衫一邊擦淚一邊說：

「真難為你啦！唉，你不知道我家這小寶貝的玩性有多重，我不知多少遍地對他說要學好樣，他們的班主任蔡老師也常教育他，要懂禮貌講文明，可他……」

小鳴奶奶說着說着，忽然愣住了，她兩眼直盯着那叔叔

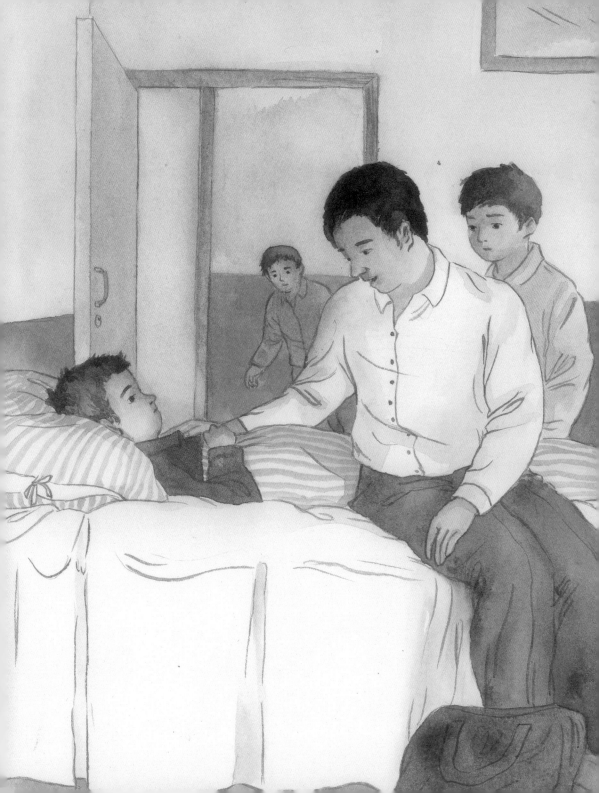

看，一會兒，她又叫了起來：

「哎呀呀，是你呀，好小伙子！小鳴，這就是我對你說起過的那位叔叔呀！那天我從你爹媽那裏回來，一上汽車就暈車了，直嘔清水，這位叔叔正坐在我邊上，他一點也不嫌我，相反把網兜裏的橘子啦、蘋果啦拿出來讓我止嘔。小伙子，雖然這是小事一件，可我老是惦記着哩！噯，我家小鳴要是像你就好啦……」

那叔叔被小鳴奶奶一席話說得臉都紅了……

湯小鳴出院以後，這兩天來可憋得慌吶！除了姜羣放學以後來陪他玩一會兒，整天和奶奶在一起，奶奶總要他躺在牀上，嘴裏還老是嘮叨着：「小鳴哪，你真該好好向那位叔叔學學哪！」小鳴心裏也在想：這位叔叔真好，多和氣多熱心呀！他是幹甚麼的呢？怎麼這樣面熟？究竟在甚麼地方見過他的呢？他又怎麼會知道我的名字呢？

這天下午，小鳴奶奶上街買菜去了，他覺得無聊極了，

就下了牀，拿起射水手槍，從臉盆裏吸滿了水，瞄準着窗外的樹葉射擊起來。忽然，他聽見院子裏響起了一陣腳步聲，正朝自己家走來。他一想，已是放晚學的時候，準是姜羣來了。

他趕忙把射水槍吸得滿滿的，坐到了牀上。門是虛掩的，只聽得「吱呀」一聲響，門外探進了一個腦袋，湯小鳴沒等看清來者是誰，槍管裏的水就「滋」地射了出去，還隨口補上了一句：

「吃我一……」

他那「槍」字還沒出口，就猛地噎住了。天哪！進來的並不是姜羣，而是班主任蔡老師呀！瞧，她被射得一頭一臉的水。

湯小鳴嚇壞了。他趕忙把射水手槍往頭上的「大蓋帽」裏一塞，坐得直挺挺的，一動也不動。

蔡老師是個二十五六歲的姑娘，長得可俊呢，她對同學又溫和又關心，像個大姐姐。她掏出手絹，擦了擦臉上的水，並沒有不高興，只是笑嘻嘻地說：

「怎麼，你躺在牀上還在學反派？」

湯小鳴垂着頭，不敢吭聲。

蔡老師坐到了牀沿上，仍然笑嘻嘻地說：

「我來探望你這個『傷兵』，你倒用水槍歡迎我，以後我可不敢來啦！」

湯小鳴急了：

「蔡、蔡老師，我、我……」

「哈，看你急的，我是跟你說着玩的。你看，我受一個人的委託給你送好東西來啦。」蔡老師從拎包裏掏出了一個紙包。

書！哎呀，好幾本書吶！《雷鋒的故事》、《鐵木兒和他的伙伴》……湯小鳴頓時快活起來：

「蔡老師，誰叫你送來的？」

「是一位叔叔，就是背你進醫院的那位叔叔。」

湯小鳴驚喜極了：

「蔡老師，你也認識他？」

「嗯！」蔡老師意味深長地點了點頭。

「他可真是個好叔叔。蔡
老師你是怎麼和他認識的？」

不知怎的，蔡老師臉頰
上泛起了兩片紅暈，眼睛裏
流露着一種又幸福又羞澀的
神情。她說：

「我和他認識才半年多，
是在一個偶然的機會中相
識的，說出來還真有點戲劇
性呢！」

「戲劇性？蔡老師你快說給我聽聽！我要聽！我要聽！」
湯小鳴急不可待地搖着蔡老師的臂膀。

「既然你要聽，那麼我就說吧！」蔡老師掩不住內心的喜
悅，說了起來：

「那是在半年多前的一個星期天。我從一位學生家裏訪問
出來，正拐進一個胡同，迎面碰上了兩個流裏流氣的人。他們

見了我就捻起響指，發出怪聲怪調，還朝我噴煙。我低着頭走過去，說了聲『討厭』！誰知，他們竟跟上了我，一口下流話，還問『甚麼叫討厭』。我沒理他們，他們又趕上來攔住了我，還動手動腳的。我氣得實在忍不住了，『啪』地搧了他們當中一個人的耳光！誰知，事情大了，他們一下子撲上來扭住了我，我拼命地叫喊着、掙扎着⋯⋯

「突然，他們又都鬆了手，我回身一看，原來他們兩個人的衣領被一個小伙子緊緊地揪住了！我被解脫了，他們卻打了起來。

「忽然，那兩個傢伙一下子亮出了刮刀，緊緊地逼着那小伙子。而那小伙子赤手空拳，只見他圓睜着雙眼，弓着腰往後退着，退着⋯⋯一個傢伙猛地撲過去想砍他一刀，他一蹲身，避開刀鋒，反手抓住了那傢伙的手腕，三下兩下，刀就到了他手裏；另一個傢伙剛想撲上來，他又疾風般的來了個『掃堂腿』，那傢伙還沒弄清楚是怎麼回事，便跌了個嘴啃泥。那小伙子又狠狠地教訓了他們一通，直到他們討饒⋯⋯」

湯小鳴聽得簡直入了迷。他問：

「蔡老師，那個小伙子就是那叔叔？」

「是的。後來我知道，他從小練武術，功夫挺深的。」

蔡老師說着說着，笑了，笑得甜甜的。

多好的叔叔呀！他簡直就是個大英雄！湯小鳴佩服極了。

他忍不住又問：

「蔡老師，那位叔叔究竟是幹甚麼的呀？我好像在哪裏見過。對，不知為甚麼他還知道我的名字呢！」

蔡老師「咯咯咯」地又是一陣笑，竟笑得喘不過氣來。

停停，她才說：

「你猜得出他是幹甚麼的嗎？」

「和你一樣，也是當老師的？」

「不！」

「那麼⋯⋯肯定是個警察？」

「也不對！他是市話劇團演反派的演員！我曾告訴他，我們班上有個叫湯小鳴的學生，看電影看戲總喜歡學反派，他

就這樣知道你的名字啦！」

就像突然揭去了一塊迷迷濛濛的面紗，眉目頓時清楚了。啊哈，怪不得這位叔叔那樣面熟，是在舞台上看到過他呀！話劇《救救她》裏演壞蛋「草上飛」的演員，下巴上不也有粒黑痣嗎？湯小鳴恍然大悟：

「他是『草上飛』！『草上飛』！」

蔡老師不笑了，她語重心長地說：

「是的。他在舞台上是一個反派，演得那麼醜，那麼討人恨；但在舞台下他卻是一個正角，是那樣好，那樣令人愛！小鳴，一個人活在世上，總要美化自己，美化生活，因你的存在讓人感到高興，感到舒暢，甚至感到幸福；如果自己醜化自己，以醜為美，弄得油腔滑調的，別人見了你就討厭就憎恨，那多不好！這也是一種文明呀！小鳴，不要學舞台上的反派，要學生活中的英雄！你看，這是那叔叔送給你的『贈言』……」

湯小鳴看着書的扉頁，一行秀麗的字跡出現在眼前：

把美帶到生活中去！

湯小鳴聽着蔡老師的一席話，默默地看着這「贈言」，心裏想了很多很多……忽然，他抬起頭，不明白地問：

「蔡老師，方叔叔平時那麼好，那他在舞台上為甚麼要演壞人呢？」

蔡老師笑了笑，說：

「因為生活中確實還有壞人，把這種壞人通過文藝形象搬到舞台上醜化他，正是為了讓人們憎恨他，不要去學他，這也是為了生活的美呀！好像班上有的同學寫了錯別字，我把錯別字抄在黑板上讓大家注意，以後別再寫這樣的錯別字了，這是一樣的道理呀！」

湯小鳴似懂非懂地點了點頭。

門「吱呀」一聲響，奶奶回來了。她一見蔡老師在家裏，立即快活地嘮叨起來。忽然，她頓住了，兩眼直盯着湯小鳴看，只一會兒，她的臉刷地發白，急得嚷了起來：

「哎呀，我的天！是不是小鳴的傷口發炎化膿了？蔡老師你看，他頭上的膿水也在淌出來了！」

小鳴頭上的那頂「大蓋帽」被揭開了，頭頂上露出一支射水手槍，那槍管裏沒射完的水正一滴一滴地往下淌呢！

小鳴奶奶直揉着胸口，吁着氣：

「我的天！看把我嚇得……」

小鳴紅着臉，把那支射水槍拿了下來，遞給奶奶說：

「奶奶，你把這槍送給隔壁的小毛豆吧，我以後不玩這東西了。」

故事還有一個小小的結尾。又一個星期天，湯小鳴和姜羣到公園去玩，忽然在一棵柳樹下的長椅上，他們看到了兩個熟悉的身影：呀，那不是方叔叔和蔡老師嗎？瞧他們，緊緊地依偎在一起，多要好呀！湯小鳴和姜羣沒去打擾他們，因為、因為他們正在說着悄悄話哩！

2. 龔大明戒「藥」

世界上有一種「藥」，可怪哩，看不見，摸不着，也不用嘴吃，只要你一不留神，啊！它就會讓你嚐嚐它的苦味——嘖嘖，那才苦呐，直苦到心裏！

你們別咧着嘴笑，這可不是說童話，我們四年一班的龔大明喲，就常吃這種「藥」。

這叫——「懊悔藥」。

別以為龔大明是個大傻瓜，對這種「藥」特別愛好，說實在的，他是不知不覺……真的，好幾次連他自己也不清楚，就這麼、這麼吃上了。

就說上次課外活動砸破低年級同學腦瓜的事吧。本來嘛，課外活動夠快活的了，太陽暖洋洋的，操場上一片新綠，同學們圍坐在一起，聽文娛委員朗誦柯岩阿姨的詩，聽班長王娟講科學幻想故事。可冀大明覺得這樣安安穩穩地坐着，關節裏總有點不舒服。他靠着一棵柳樹，自個兒看連環畫。忽然，他發現自己坐的位置好極了：向右挪前一點，能神不知鬼不覺地搔一下同桌陸衞的腳底；向左轉一點，能悄悄地很準確地往李惠林的脖子裏丟一樣甚麼玩意兒。他和李惠林可是老朋友啦，做甚麼事情都喜歡兩人搭檔。

一忽兒，李惠林覺得有一樣東西從他的頸脖裏直往脊背上溜，涼颼颼的，他伸手一摸 —— 泥塊。他叫了起來：「誰在背後惡作劇？」

背後可沒人扔泥塊 —— 龔大明正在看連環畫哩！瞧他，眼睛一眨不眨，嘴脣抿得緊緊的，分明正看到最緊張的地方。

「噗！」又是一塊。可惜，這次龔大明的動作慢了一點，給李惠林猛一轉身發現了。李惠林可不是好惹的，他跳起來說：「你以為脖子裏灌一塊泥巴舒服嗎？我也給你來一塊試試！」

於是，兩人一個跑一個追，在操場上打起了「泥仗」。

龔大明靈活地邊打邊退，很少「中彈」。一會兒，他飛快地從地上撿起一塊 —— 他實在來不及弄清是磚頭還是泥塊，朝着李惠林大喝一聲：「照鏢！」

唉，事情就是這樣巧 —— 那黑乎乎的東西扔了出去，李惠林一閃身避開了，卻落在了一個正在跳橡皮筋的二年級女同學的額角上。她捂着額角，哇地大哭起來。

龔大明驚呆了。他跑上去一看，我的天！是塊瓦片。那

女同學的額角上正在淌血哩！

事情一下子鬧大了——那同學被送進了醫院；老師找他

談話，說他不遵守紀律；那同學的家長上門告狀，他被爸爸

擰着耳朵一頓訓……

唉！課外活動好好地聽故事、看連環畫該多好，可偏偏

想出那歪點子，早知道這樣……懊悔死了！懊悔死了！看，他

在吃「懊悔藥」了。可是懊悔也來不及了，禍已經闖啦。

第二天，他走過二年級的課堂，那班級裏的同學指手畫腳

地點着他說：

「噢，昨天就是他砸破了蘇羣的頭。」

「嘻，還算大哥哥哩！」

唉，多難聽。有的小姑娘還在對他指指點點呢！龔大明

嚇得好幾個星期不敢走近二年級的教室。

「懊悔藥」實在不是好吃的。有一次，直「苦」得他掉

眼淚。

那是一次算術考試。他剛看到試卷，足足愣了兩分鐘，上面共十道題，他倒有一半答不上。唉，千懊悔，萬懊悔，只懊悔平時不好好聽課。前天複習，老師早就說過要好好聽講，以前沒弄懂的，通過複習還可以補上去。可、可他硬是被窗台上的螞蟻吸引過去了……嘿，這幾隻螞蟻也真可惡，掉在窗台上才一會兒的餅乾屑，牠們就爬來想搬走。先是抬不動，後來又來了幾隻，抬抬又摔了下來。唉，真要命，別人還得聽

課，後天就要考試呢！可牠們，偏偏慢騰騰的，哎呀！又摔了下來……就這樣，還沒等螞蟻把餅乾屑搬走，一堂課就過去了。唉，現在懊悔也來不及了，考試還不是照考。

龔大明看着大部分空着的試卷，急了，汗珠直從額上淌下來。他煩躁地扭了一下身子，朝旁邊瞄了一眼 —— 嚯，陸衞這傢伙做得好快，他平時的算術本領雖然不怎麼高強，可現在卻已經做好一大半了。

他又瞄了一眼，心裏猛地一動 —— 陸衞已做好的另一半試卷正露在他的臂肘外面哩！

龔大明的心忽然怦怦地跳動起來：只要他悄悄斜過眼，就能把他不會做的那幾道試題的答案抄到自己的試卷上。他打算斜過眼去……

喂，不能作弊！一個聲音好像在他耳邊震響，他身子一抖，嚇得頭也沒敢抬。是嘛，偷看同學的試卷實在不是件光榮的事，就那個「偷」字有多難聽啊！對，不能作弊，還是自己再想想吧……

這幾道試題怎麼這樣煩人！又是乘，又是除，還有那討厭的小數點……難啊，真難！抄就抄一下吧，這是最後一次，以後可再也不幹這種事了。他又想斜過眼去……

注意！老師在看你呢！龔大明伏在桌子上，大氣沒敢出，好像老師的眼睛正盯着他。唉！陸衞也真是，為甚麼不把試卷遮好，偏偏露在他眼前，害得他這樣心神不定——瞧，他竟責怪起陸衞來了。

時間悄悄地過去，教室裏靜靜的，只聽見翻動試卷的嘩嘩聲和鉛筆寫在紙上的沙沙聲……靜啊，靜得真有點可怕。

龔大明發覺陸衞在做最後幾道題了。他真急了，等陸衞把試卷交上去，那不是甚麼都完了？！他彷彿覺得自己已經得了盞「紅燈籠」，同學們取笑他，爸爸媽媽看了生氣……抄！快抄！不能再猶豫了，不然就來不及了！他臉發紅，手發抖，腦子裏亂糟糟的。終於，趁老師背朝他的時候，他斜過了眼……

噓—— 他長長地吐了口氣，總算太平無事。

太平無事？哼，想得太美了。第二天，龔大明被老師喊去談話 —— 他有兩道題和陸衛錯得一模一樣。天哪！陸衛做錯了的，自己還當「寶貝」，冒着風險去抄呢！龔大明哭喪着臉，一句話也說不出來，只恨沒個地洞給他鑽。

明明知道陸衛的算術本來就不怎麼好，常常會算錯，為甚麼當時連這點也沒好好想想呢？大傻瓜！大笨蛋！早知道這樣……唉，懊悔死了！懊悔死了！

瞧瞧，他又吃「懊悔藥」了。可是懊悔也來不及了，「洋相」已經出了 —— 他不僅得了盞「紅燈籠」和那個「作弊」的壞名聲，班委會還特地開會討論了他的問題哩。同學們都批評他，「好壞辨不清」呀、「意志薄弱」呀、「自己管不住自己」呀、「老吃懊悔藥」呀……龔大明鼻子酸得忍不住了，眼淚直往外淌。

這些缺點，同學們早就向他提出了，他也想改，可想的是一回事，做的時候，一不小心又由不得自己了。「啪！啪！啪！」他懊惱得直打自己的腦瓜 ——

龔大明啊龔大明，你甚麼時候能自己管住自己呀？

龔大明啊龔大明，你甚麼時候能戒掉這「懊悔藥」呀？

他的心裏難受極了。

當天晚上，老師特地到他家裏，和他談了好半天，還在他的日記本上抄上了一句詩：「黑髮不知勤學早，白首方悔讀書遲。」意思是說，年紀輕的時候不勤奮地學習，到頭髮白了，懊悔也就來不及了。這下，龔大明下了決心，從今以後，無論如何一定好好學習，再也不吃「懊悔藥」了。

同學們也真好，雖然對他批評得很厲害，但都願意幫助他、督促他，讓他早早改正缺點。班長王娟還主動和他同桌。上課時，當窗外的鳥叫誘得他朝外望的時候，王娟就輕輕地拉他的衣角。龔大明也不生氣。是嘛，只有好好聽課，才能不吃「懊悔藥」！

這天放學回家，龔大明像往常一樣爬上樹，騎到了圍牆上，打算再從裏面的樹上溜進院子裏 —— 以前回家，他總喜歡走這條「路」，他覺得這樣比正正經經地走大門有趣多

了！當他剛想溜到院子裏的樹上，猛地停住了 —— 喂，別再做懊悔事了！有一次，不就是走這條「路」，一件八成新的白襯衫被樹杈勾了個大洞麼？當初還懊悔了老半天哩！對，這是個壞習慣，一定得改！他從圍牆上，回到了院子外的樹上，慢慢地溜下來，然後拍打拍打衣服，一本正經地從大門走進了自己家的院子。他覺得今天走這個門，好像是件很嚴肅的事情。

入夜了。秋風不時從窗外踱進來，一會兒揉揉大明的臉龐、衣衫；一會兒摸摸桌上的課本、練習簿；同時又捎來遠處的蛙鳴和院子草叢裏秋蟲的叫聲。龔大明正埋着頭在做家庭作業哩。

「瞿瞿……」「瞿瞿……」

龔大明驚喜地抬起頭，側耳細聽起來。哈，那不是蟋蟀在叫嗎！他和蟋蟀可是老交情啦，每年入秋，總有好幾十隻蟋蟀被他邀請到他的蟋蟀盆裏來居住，當然，最後都為他格鬥「犧牲」了。可以斷定，現在這一隻肯定是雙刺紅頭蟋蟀。

聽，牠叫得多麼有力：「曜曜！曜曜！」

龔大明興奮地擱下筆，把作業簿一合，朝院子裏跑去……

慢！你可得做作業吶！龔大明在門口停住了腳步。他的心

裏癢癢的，那蟋蟀似乎也叫得更響了：「曜曜！曜曜！」

就捉一會兒吧，馬上就回來。早在去年，他就與李惠林

說好了，今年一定再與他鬥蟋蟀。去年他一隻心愛的「黑頭大

將」，就是輸給李惠林的一隻「小蜈蚣」的，直到現在他還不

服氣哩！龔大明拉開了門……

嘻嘻，又管不住自己了！明天早上交不了作業，又得懊

悔啦！龔大明一愣，好像班裏的同學正在他面前譏笑他哩。

不能去！一定不能去！別聽那蟋蟀就在你耳邊叫，真要捉住牠

可不容易，去年為捉一隻蟋蟀，跟着牠的叫聲翻來翻去，硬

是把半天時間耽誤掉了。老師也早說過：浪費的時間，騎着馬

也追不回來；還有，日記本上的那一句詩……龔大明不猶豫

了，他把門重新關上，回到了桌前。

「曜曜……曜曜……」蟋蟀還在不停地叫。

龔大明索性把窗子也關了起來。漸漸地、漸漸地，那蟋蟀的叫聲變輕了、消失了，他沉思在作業的演算中⋯⋯

龔大明很少做懊悔事了。他的學習成績大大提高了，老師表揚了他，同學們都為他高興，他也從來沒有這樣快活過。

又一次考試來到了。龔大明剛拿到試卷，心裏還有點慌，再細細一看，也就平靜了，絕大部分他都會做。他一道一道地計算着，算得那麼仔細、那麼認真。臨近下課，他正在複算時，忽然覺得背後有人搗了他一下，接着又是一下。他回頭一看，李惠林遞給了他一張紙條，上面寫着：

「老朋友：請你把第四道題的答數抄給我，回頭我把家裏的兩隻小白鼠分一隻給你。快！」

小白鼠？龔大明喜得咧開了嘴。那是多麼惹人喜愛的小白鼠呀，雪白雪白的絨毛，小眼睛滴溜溜直轉，一躥一跳，靈活極了。他每次到李惠林家，總要逗上好一會兒，別提有多羨慕

了。哈，等會兒放學，其中一隻就屬於他啦！他飛快地把第四題答數抄在紙上，朝後傳去。

李惠林伸出手剛要接住，突然，龔大明又縮了回去。只見他怔了怔，隨即把那張紙一團，另換了張紙寫了起來。一會兒，他把寫好的紙悄悄地朝李惠林桌上一扔，李惠林展開一看：

「老朋友：我不能把答數抄給你，這不是幫助同學的行為。再說，你抄了以後也會懊悔的，我們可再也不能吃『懊悔藥』啦！」

這時，下課鈴響了……

3. 沙喉嚨

Shā hóu long

每個同學大概都有自己的特徵：大眼睛啦、小胖子啦、高個兒啦。四年一班謝文寶的特徵卻與眾不同——「沙喉嚨」。

他家鄰居說，小時候他爸爸媽媽沒工夫帶他，讓他躺在搖籃裏，他整天哭呀喊的，嗓子就這樣哭沙啞了。

謝文寶對自己的沙喉嚨可一點也不在意，這又不妨礙他玩——有時他故意把喉嚨壓得又粗又沙，突然在同學的耳朵邊大喊一聲「喂」，還能嚇得同學直捂耳朵哩！當然，有時候他也覺得有點掃興——晚上躲貓貓玩的時候，只要他一說

話，哪怕咳一聲，人家就知道他躲在哪裏了。課堂上，趁老師在黑板上寫字的時候，他想說句俏皮話或和同桌「談談心」，他才開口，老師不用回頭，馬上會警告說：「謝文寶，注意點！」瞧，就是因為這「沙喉嚨」嘛！

謝文寶生一張小圓臉，鼻樑間有幾顆雀斑，他的頭髮向來是亂蓬蓬的，衣服也不整潔，紐扣常常扣歪；由於他習慣用衣袖揉嘴巴、擦鼻涕，兩邊的袖管老是留着一層油膩。他是個「惹事坯」，欺小孩、罵老人、惡作劇，一天不闖一兩次禍，就覺得不舒服。他媽媽對他直歎氣，爸爸懲罰他也不見效，鄰居聽見他的「沙喉嚨」就討厭，他自己卻——甚麼都無所謂。

有一次，他又惹事了，他的面孔雖然沒被人看見，他的「沙喉嚨」卻讓人記住了好幾年。

這天中午，謝文寶和同桌蔡強一邊低頭啃着西瓜，一邊去上學。在一個轉彎處，他突然撞在一個人的身上，抬頭一看，原來是個盲人。

他隨口罵了一句:「瞎子!」

那盲人猛地站住了,說道:「你這孩子撞了我,還開口罵人?」

謝文寶也停住了,他用手臂一揉嘴巴:「怎麼,罵你不得?就罵你——臭瞎子!」

盲人氣得臉色發青,大聲喝道:

「小流氓!你再敢罵!」

謝文寶可一點也不害怕,他退後幾步,照樣罵:「瞎子!臭瞎子!」一邊說一邊還往盲人那邊丟西瓜皮。

盲人的額上暴起了青筋,氣得話也說不出來,他舉起拐杖,不顧一切地朝謝文寶方向跑去,可是,他才邁了幾步,一腳踩在西瓜皮上,摔了個面朝天。

盲人坐在地上,牙齒咬得格格響:「小流氓,早晚得找你算賬!我看不見你,可你的『沙喉嚨』我不會忘記!」

「哼,不忘記又怎麼樣?」謝文寶一拍胸脯,「要找我,紅衛小學見!」

蔡強是個能說會道的機靈鬼。他見幾個行人正朝這邊走來，趕緊推着謝文寶一溜煙地跑走了。

當然，事情沒有這樣簡單。第二天晨會課，班主任張老師臉色很嚴肅，她踏進教室，用眼光默默地掃視着同學，問：

「昨天，誰在路上侮辱盲人了？」

蔡強吃了一驚，他輕輕地用腳踢了踢謝文寶。

謝文寶卻很鎮靜，他心裏說：我不承認，看她能拿我怎麼樣。

教室裏靜悄悄的，沒人回答。

「這裏有一封信，是一位盲人請人代寫的。」張老師朝謝文寶看了一眼，就展開信箋讀了起來：

老師：

我是個盲人。昨天在路上碰到你們學校的一個學生，不僅大罵我瞎子，還用西瓜皮擲我，這哪裏像新中國的少年兒童，簡直是個小流氓！解放前，我這雙目失明的人受盡了欺

凌，沒想到在今天還遭到這小混蛋的侮辱！我不知道他叫甚麼
名字，只聽出他是「沙喉嚨」，還拍着胸脯說是紅衞小學的。
請老師幫助查查，好好教育教育他！

盲人：徐大奎

張老師剛讀完，同學們的眼光一下子集中到謝文寶身上。謝文寶覺得渾身熱烘烘的——唉，只怪自己生了個「沙喉嚨」，否則，除了蔡強誰也不知道。但他仍翻着白眼說：「你們都朝我看甚麼！世界上難道只有我一個『沙喉嚨』嗎？」

張老師努力克制着自己，耐心地講了許多道理。但謝文寶一句也聽不進去，他心裏說：臭瞎子！你罵得倒痛快，又是小流氓，又是小混蛋，哼！以後再讓我碰到，非叫你好好地吃點苦頭不可！

沒過多久，學校放暑假了。這天謝文寶和蔡強到城西去釣魚，剛走上一座石橋，又看見了那個盲人。他正在一間房屋前上門鎖——呀！這是他的家。謝文寶快活極了。等盲人走遠，他拉起蔡強說：

「走，到瞎子家去看看！」

蔡強的手縮了回來：「你又想到甚麼歪點子了！」

「當然想好了。」謝文寶得意地晃着腦袋，「我們不是有挖蚯蚓的鏟子嗎？我們到他家門前去挖個『陷馬坑』，讓他來個『瞎子跌入陷馬坑』，怎麼樣？」

「算了吧！他又會到老師那兒告狀去的。」

「就你膽小，連一個瞎子也害怕！一個瞎子有甚麼可怕的！走！」

謝文寶沒容蔡強多想，拉着他就跑。

來到盲人家門前，他選好了地點，就拼命幹了起來。沒多大工夫，一個一尺寬半尺深的坑挖成了，謝文寶又去弄來幾把污泥丟在裏面，還撒了泡尿，最後在上面架上細枝椏，鋪了梧桐葉，用泥遮蓋好……

謝文寶興奮極了。他和蔡強躲在離盲人家很近的河對岸，裝着釣魚。

等呀等……傍晚時分，盲人徐大奎慢慢地回家來了。

他倆見了，頓時緊張起來，謝文寶貓着腰，眼睛一眨不眨……

徐大奎拄着拐杖一步一步向前走，漸漸接近家門口，漸漸接近「陷馬坑」了……

謝文寶伸長着脖子，屏住了呼吸……

突然，徐大奎覺得拐杖底下軟軟的，用力一戳，拐杖「潑刺」一下陷了下去，他一個踉蹌跨了過去，終於沒跌倒。

「哎呀呀！」對岸的謝文寶拍着腿，失望地大叫一聲。

「『沙喉嚨』！又是『沙喉嚨』！」徐大奎驚異地把臉扭向對岸。

一陣慌亂的腳步聲向遠處去了。

徐大奎雙腿發軟，坐在台階上。他捧着頭，長歎了一聲：

「現在的孩子，現在的孩子啊！」

一晃，兩年過去了。

冬去春來，一切顯得生機勃勃。謝文寶讀初中一年級了，人也長高了。他那亂蓬蓬的頭髮理成了平頂頭，本來留着油膩的袖管上也戴起了袖套。

這天放學，天突然下起濛濛細雨。謝文寶和蔡強合撐着一把雨傘，低着頭朝家裏走去。路上，他倆差點撞在一個人身上，抬頭一看，謝文寶嚇了一大跳——竟又是那個盲人徐大奎。他嚇得慌忙拉着蔡強往回跑，跑了好長一段路，才放慢了步子。他氣喘吁吁地拍着自己的胸口說：

「噓——我真怕被他看見，現在才想起來，他根本就看不見。」

蔡強說：「可不是，我也嚇死了！他肯定還記着兩年前的事。」

謝文寶說：「是呀，自從參加學校的『傷殘人士關愛計劃』以後，想起以前做的事心裏很愧疚。」

「以前，我們也太不像話啦。」

突然，謝文寶停了下來，他老遠望着盲人的身影，又輕輕地說：

「瞧他，怪可憐的！拄着拐杖一步一步地探路，又沒傘，衣服都淋濕了。」

蔡強說：「是呀，真可憐！」

謝文寶呆呆地站了許久，忽然說：

「蔡強，我們去給他打傘，為他引路，好嗎？」

蔡強吃了一驚：「怎麼，你不怕被他抓住？他可聽得出你

這『沙喉嚨』。」

謝文寶又呆住了。是呀，這雖然是兩年以前的事了，但

盲人的耳朵特別靈，讓他聽出來，不知他會怎麼樣。唉，如果

自己生個小眼睛、長個歪嘴巴倒無所謂，為甚麼偏偏是個「沙

喉嚨」呢！想了一會兒，他又來勁了：

「蔡強，不要緊！他聽不出你的聲音，我只要強忍住不說

話，他就不知道。」

「如果他問起你，怎麼辦？」

「反正我裝啞巴，甚麼話都由你代我說。」

「那好，走！」

倆人折回頭，飛奔着來到徐大奎身邊。蔡強把傘移到他

的頭頂上，親親熱熱地說：

「老伯伯，你怎麼沒帶傘？來，我們合傘！」

謝文寶不聲不響地拉起徐大奎的拐杖，在前面引路。

「這鬼天氣，出來的時候還挺好，沒防着會下雨。孩子，我不要緊，別淋壞了你們，耽誤你們回家。」徐大奎說。

「老伯伯，你放心！我們都有雨傘。」其實，謝文寶把衣服脫下來兜在頭上，當「傘」用了。

「小朋友，」徐大奎說，「剛才我好像覺得有兩個孩子跑到我面前，突然又奔回去，是你們嗎？」

蔡強一愣，忙說：「不，不，我們才走過來呢！」

「噢。」徐大奎問，「你們讀幾年級啦？叫甚麼名字？」

「讀初中一年級，我叫蔡強。」

「前面那位同學呢？」

「和我一樣，也讀初一，他叫謝文……」蔡強正說着，猛然看見謝文寶朝他瞪着眼睛，慌忙把那個「寶」字嚥了下去。他縮了縮脖子，忙把話題岔開：「老伯伯當心，前面有水塘！」

可是，徐大奎還是問了：「謝文同學，你怎麼不說話呀？」

「他……他……」蔡強支吾了半天沒說出來。

謝文寶朝蔡強又是撇嘴巴，又是擠眼睛。

蔡強也弄不清謝文寶是甚麼意思，就自己胡扯開了：「他、他喉嚨痛，對！他扁桃腺才開過刀，醫生叫他少說話。」

「噢，那可要當心啊！」徐大奎相信了。

謝文寶這才鬆了口氣，他滿意地朝蔡強伸了伸大拇指。

「你們真是好孩子！」徐大奎感歎地說，「我雖然看不見，但完全感覺得出來。記得前兩年，有個『沙喉嚨』的孩子，他撞了我，還罵我瞎子，朝我扔西瓜皮，我寫信告訴老師，他竟到我家門口挖坑害我，你們看看，多可惡！」

謝文寶拉着拐杖的手，不由得抖動了一下。

蔡強想說：說不定他們正在改哩。可他伸了伸舌頭，嚇得沒敢接嘴。

「孩子，告訴你們，我本來也不是瞎子呀！是因為生病才變成這樣的！」

謝文寶全身不由得哆嗦起來，他低着頭，默默地朝前走。

「所以聽見有人罵我瞎子，我的心裏就像刀剜似的難受。前幾年，有的孩子看見生理上有缺陷的人，動不動就譏笑、挖苦，甚至幸災樂禍地惡作劇，他們真是不理解別人的痛苦啊！」

謝文寶用嘴緊緊咬住兜在頭上的衣服，使勁沒讓自己哭出聲來。他真想撲到盲人伯伯的懷裏，說一聲「伯伯，我對不起您」！可他，還是忍住了。言語洗刷不了心頭的悔恨呀！

春雨淅淅瀝瀝地下啊、下啊……

他們默不作聲地走啊、走啊……

沒過幾天，徐大奎從盲人工廠下班回來，他剛走到自己的屋門前，忽然覺得腳底下的聲音有點異樣——「嚓、嚓、嚓」的。

對這裏的路，徐大奎熟悉得像數自己的手指頭，不用拐杖也能走。可是，他卻小心翼翼地探着路，一點一點地朝前移——原來這裏的泥地，現在變成了一片煤渣地！

他趕緊摸到鄰居家問：

「李家嬸嬸，你看見剛才誰來鋪地了？」

李家嬸嬸說：「是兩個孩子。他們說這裏的泥地下了雨很滑，得改造一下，他們推來了一板車廢煤渣，幹得滿頭大汗。我讓他們喝水，他們沒喝；我問他們姓名，他們又不說，幹完就走了。」

「孩子，是兩個孩子！」徐大奎感激得臉上泛起了紅暈。他像舞台上的演員那樣，在這片新鋪的煤渣地上走過來，走過去，走過去，走過來，嘴裏還不停地唸叨着：

「真是助人為樂，助人為樂呀！」

這天傍晚，徐大奎吃過晚飯，到鄰居家串門去了。閒嘮了好一陣，天暗下來後，才走回家去。剛走到門口，他猛地站住了——屋子裏有人！

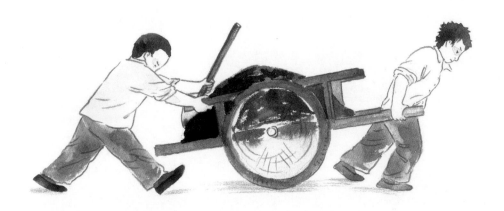

「哈，太巧啦！他正好不在家，又沒鎖門。」

「我們動作要快，千萬別撞見他！」

是誰？好熟悉的聲音。徐大奎側着耳朵，警覺地握緊了拐杖。

「就放在這枕頭邊！等會兒他摸着，說不定會嚇一大跳哩！」

徐大奎大吃一驚：啊，「沙喉嚨」！沒錯，就是那個「沙

喉嚨」！他們這麼鬼鬼祟祟又來幹甚麼「好事」？他們在我枕頭邊搗了甚麼鬼？他心裏的火直往上冒，一步跨上石階，用身體堵住了門，大聲喝道：「慢走！」

兩個孩子嚇得目瞪口呆。

「別以為我看不見，我耳朵還靈着！你這『沙喉嚨』又來幹甚麼？說！」

「我、我……」謝文寶被這突如其來的呵斥弄得不知所措。

「今天你別想跑了！我這拐杖可長着眼睛！」徐大奎說着，舉起了拐杖……

謝文寶愣着，一動不動。

蔡強可嚇壞了。他趕緊跑上去用手擋住，急着說：「伯伯，別打！別打！那天下雨就是我們攙你回家的，屋門前的煤渣也是我們鋪的。我們怕你一個人悶，自己動手裝了一架半導體收音機，今天就是來送給你聽的呀！」

徐大奎怔住了！他那舉在半空的手顫抖了起來，拐杖

「啪」地落在了地上⋯⋯停了許久，他那囁嚅的嘴唇裏才發出聲音來：

「孩子，你、你過來，過來⋯⋯」

謝文寶向前挪動了幾步。

徐大奎顫抖的手輕輕地落到謝文寶的頭上，撫摸着、撫摸着⋯⋯猛地，他把謝文寶的頭緊緊地挨在自己的胸前，眼淚從凹陷的眼窩裏撲簌簌地滾落下來：

「孩子，我的好孩子⋯⋯」

謝文寶在徐大奎的懷裏，哇地哭了起來：「伯伯，我以前罵過您，還⋯⋯我對不起您！對不起您！」

「孩子，快別說了！我不怪你！」

蔡強站在一邊愣着，好一會兒才醒悟過來。忽然，他跑到牀邊把收音機打開了，屋子裏頓時響起了輕快和諧的音樂聲⋯⋯

4. 交了「倒霉運」的人

一個人遇到一兩件倒霉事，算不了甚麼稀奇。譬如，我家隔壁阿昆養了五條蠶寶寶，不小心餵了不乾淨的桑葉，結果全都病死了；還有，我的同學王立國放風箏的時候，忽然引線斷了，好漂亮的一隻「蝴蝶鷂」，不知飛到哪裏去了。可我梁沖⋯⋯唉！好像是交了甚麼「倒霉運」似的，倒霉的事兒差不多每天都黏着我，一件連着一件⋯⋯

遠的不說，單是這回為了看雜技表演，我遇到的倒霉事就夠受了，要不是生了兩個出氣的鼻孔，肚皮真要氣破了呢！

這是個星期天。聽說省城的雜技團派了一個少年隊到農村來表演，今天下午就在小鎮附近的周家村為社員演出。哎呀，聽聽就夠來勁了：甚麼「咬花」啦、「轉碟」啦、「走鋼絲」啦⋯⋯至於說翻跟頭、豎蜻蜓，那簡直就是家常便飯。說實話，我長到十三歲，還從沒看到過真正的雜技表演哩！儘管他們還會到鎮上來表演，但先看先痛快呀。主要的是，明天一早我到班上講給同學們聽，保險讓他們裹三層外三層地圍着我。吃過早飯，我和王立國急急忙忙地朝周家村走去。

周家村近了，村子裏傳來隱隱約約的喝彩聲，我們不由得加快了腳步。前面橫着一條兩米多寬的渠道，渠道上躺着一塊很窄的石條作為通道。我剛跨上石條，迎面卻已有一個孩子急匆匆地走來。他很瘦小，大概是生過癩痢吧，頭頂光禿禿

的。他一邊走來一邊打着招呼：

「對不起，我有急事，讓我先過去！」

我朝他上下看了一眼，心想：嘿！讓你這小癩子先過去，沒那麼容易！你有急事，我就沒有急事？雜技表演已經開始，我急都要急死了。我沒理他，緊走兩步，在這塊只能一人通行的石條中間和他來了個「面碰面」。

「我也有要緊事，你讓我先過去！快！」我昂起腦袋，帶着命令的口氣說。心想：我比他高出半個頭，這小癩子讓我一嚇就嚇退了。

他驚奇地打量了我一眼，用手搔了搔沒有頭髮的頭頂，說：

「小事情，讓你就讓你！可按道理說，是我先走上石條的，應該讓我先過去才對呀！」

聽他口氣這麼軟，而且已經轉過身子打算讓我了，我很得意：瞧，果真被嚇退了。我索性把嗓門提得更高：

「甚麼道理不道理，少囉唆！快讓開！」

不料他聽了這話，反而把轉過去的身子重新轉了過來，

臉上充滿怒氣：

「我偏不讓你！看你兇！」

唷，這小癩子的脾氣倒也倔。可我根本就沒把他放在眼

裏，威脅地喝道：

「你到底讓不讓？」

「不讓！偏不讓！」

我捋起了袖管：「你打算怎麼樣？」

他捏緊了拳頭：「你打算怎麼樣？」

看來這一架是非打不可了。在這種 場合我當然是不會退

陣的，別的不說，王立國就在旁邊，如果我對這麼一個瘦小子

還讓步，讓他那張碎嘴皮到處去瞎說，我在夥伴中間還抬得

起頭？

打！

我抽出拳頭朝他胸前就是一下！那傢伙竟沒還手，只是

側着肩膀擋住我的拳頭，腳下連動也沒動一下。

我倒吸了一口涼氣。好傢伙，這小癩子人一點點小，筋骨竟這麼硬！我用足全身力氣，打出第二拳，心想這一下非把他打到溝裏去不可！你們說怪不怪，他不僅沒躲避一下，反而把頭一低，用他那光光的頭頂迎着我的拳頭撞了上來。我只覺得手臂一麻，在那窄窄的石條上哪裏還站得住，我的兩隻手亂抓了一氣，好不容易抓住了他的衣領，只聽得「嘶」的一聲，他的衣服被撕破了，但我還是跌到渠道溝裏了。

渠道裏雖然沒有水，可盡是爛泥呀！先不說我身上沾了多少泥，單一雙腳就足足陷下去半尺深，我費了好大的力氣才把它拔出來，鞋子和腳早已分了家，而那雙鞋只有鬼才認得出它原來的面目──那是我剛買了兩天的白球鞋呀！我氣得呼哧呼哧地直喘氣，心裏的火躥到了天靈蓋，我抄起鞋想朝那小子身上擲去，可那傢伙早跑得沒有蹤影了……

唉，我這個「泥人」當然不能再鑽到人羣裏去看雜技表演了，明天到班上去吹的機會自然也丟失了。更叫人懊惱的是，在回家的路上，我這副狼狽相被班上幾個女同學看到

了，讓她們嘰嘰咯咯地笑了好一陣——我可從來沒有這樣丟醜過呀。你們說，倒霉不倒霉？唉，怨誰呢？只能怨我交上了「倒霉運」！

第二天，聽說那個雜技團下午四點真的要到鎮上來為下班的工人表演了。這一天的課我根本沒好好聽，心裏老惦記着看表演。好不容易盼到放學，我理好書包就朝教室外走去。誰知才走了幾步，忽然，我的腳後跟被人踩了一下。我回頭一看，氣就來了——是張健。他是我班的乒乓冠軍，每次比賽我總輸給他那麼一點點，最多不超過三分，當然囉，我只能算亞軍；這算不了甚麼，主要的是這傢伙贏了球總歡喜挖苦人，還老盯着你嘻嘻地笑，這是甚麼意思，明明是取笑人嘛！我有好幾次被他「笑」得下不了台。現在，他踩了我的腳後跟，我還能便宜了他？

他見我瞪着眼睛，滿臉的不高興，趕忙說：

「對不起，請原諒！」

我心裏還是不舒服，仍然沉着臉說：

「怎麼，踩了人家就這麼說一聲完事了？」

「我是不小心，又不是有意的，請你原諒嘛！」

理在我手裏，我當然把口氣放硬些：

「『不小心』？哼！我可以不小心撕壞你的衣服嗎？要知道你這一腳踩得我有多疼，我也踩你一腳試試！」

事情往往就是這樣弄糟的。張健也動起肝火來，他亮着嗓門說：

「我已經向你賠不是了，你還這樣纏着不放幹甚麼，難道要我跪在你面前磕頭才行？」

瞧，多尖刻的話！我更火了：

「你別囉唆！讓我也踩你一腳！」

同學們看我倆公雞鬥架的陣勢，都圍了上來。

「梁沖也真是，人家已經向你賠禮道歉了，就算了嘛！」

「梁沖太蠻橫了，一點不講道理。」

「是呀，連起碼的禮貌也不懂！」

瞧瞧，明明是我被踩了一腳，是我吃的虧，不對的竟又是我！偏偏在這時，班主任張老師來了，她問明事情的經過後，留下我一個人來談話。這不明擺着又是我倒霉嗎？有甚麼辦法，我是交了「倒霉運」嘛！

走進辦公室，我嘴裏嘀咕着：「算我倒霉！交了『倒霉運』！」張老師聽了，沒說甚麼，先叫我坐下，然後又要我把事情經過說一遍，再問我究竟錯在哪裏……天哪，我還要去看雜技表演吶！這樣磨蹭下去，不又是甚麼都看不成了嗎？我真急死了，眼睛老瞅着辦公室裏的電鐘，只盼着這場「談話」早點結束。

像突然落下了一顆救星，體育老師來通知張老師到校長室開會去。張老師想了一下，匆匆地在一張白紙上寫了幾行字，交給我說：

「梁沖，這兩個問題你回去好好想一想，我們改天再談。」

噓——我就像胸口搬掉了一塊大石頭，渾身輕鬆地吐了

一口氣。謝天謝地，四點才過了十幾分鐘，抓緊跑去還能看不

少節目哩。我把紙條胡亂地朝口袋裏一塞，就飛也似的奔出

校門。

　　我們這個小鎮的街面並不寬，加上行人多，顯得很擁

擠。我飛跑着，肩膀不時撞到行人的身上，當他們不滿地回

過頭來看我一眼，或者責罵幾聲時，我早像一條泥鰍，「哧

溜」一下滑到前面去了。這些我早就習慣了。要知道，我是五

年級足球隊的前鋒，還是學校短跑運動員哩，要我在路上慢慢

吞吞、規規矩矩地走，誰受得了？現在更別說了，雜技表演已

經開始啦……

　　穿過石板街，越過環龍橋，在一個岔路口我停住了：哎

喲，真是糊塗！只聽說雜技團給工人表演，到底是在北面的米

廠，還是在南面的農機廠呢？只見路邊的房子前有個老頭兒在

看報，我喘着氣，走上前去問：

　　「喂！雜技團在哪個廠裏表演？」

　　那老頭兒好像沒聽見，只顧低着頭看他的報紙。

Wǒ tí gāo sǎng mén yòu chóng fù le yí biàn
我提高嗓門，又重複了一遍：

Wèi Zá jì tuán zài nǎ ge gōng chǎng biǎo yǎn
「喂 —— 雜技團在哪個工廠表演？」

Nà lǎo tóur tái qi tóu lái le tā cóng lǎo huā yǎn jìng de shàng bian bù jí bú màn de
那老頭兒抬起頭來了，他從老花眼鏡的上邊不急不慢地

chǒu le wǒ yì yǎn shuō
瞅了我一眼，說：

Xiǎo péng yǒu nǐ zài wèn shuí ya
「小朋友，你在問誰呀？」

Zhēn huá ji páng biān yòu méi bié rén hái néng wèn shuí Wǒ jí zhe shuō
真滑稽，旁邊又沒別人，還能問誰！我急着說：

Dāng rán shì wèn nǐ luo Kuài gào su wǒ
「當然是問你囉！快告訴我！」

他把報紙翻了個身，仍然不急不慢地說：

「小朋友，問訊也得懂禮貌呀！就一聲『喂』可不大好吧！」

嚄！原來是要我稱呼他一聲好聽的，我才不吶 —— 說實話，我是最怕叫人了，逢年過節，有親戚來我家玩，爸爸媽媽要我叫人，我總想辦法避開；實在避不開時，我就那麼糊裏糊塗地舌頭一捲，聲音輕得連我自己也聽不清。而現在，這個

陌生的老頭兒也要我叫他，哼！我朝他白了一眼，從他身邊走過，一邊朝北面米廠奔去，一邊回過頭來大聲地說：

「老頭子！我是問你一句話，又不是向你討甚麼寶貝，你不告訴我，我就不信看不到雜技表演，哼！」

就在這「哼」的一剎那間，又一件倒霉事情發生了——我只顧回頭對那老頭兒出氣，沒注意到拐彎處走來一個拎着熱水瓶的小女孩，等我看清，哪裏還收得住腳，只聽「嘭」的一聲，那小女孩跌倒了，水瓶摔破了。嚇人的是，水瓶裏灌滿了滾燙的開水，那女孩「哇」地尖叫起來，手上燙起了水泡⋯⋯

我也跌倒在地上，一隻手掌心裏嵌進了好幾塊碎玻璃，鮮血直淌，可我一點也不覺得痛——我完全嚇呆了！

事情鬧大了，那女孩正是看報老頭的孫女呀，我當然被揪住不放了，還被拖到我爸爸那裏，賠水瓶、進醫院⋯⋯回到家裏，我遭到爸爸狠狠的一頓打，媽媽也一個勁地跟着罵，連最疼我的奶奶也不來勸一勸——因為她正一邊嘀咕着，一邊在洗我昨天的泥衣、泥鞋呀！

我傷心透了，眼淚啪嗒啪嗒地落下來——要是張健不踩我的鞋後跟，老師不找我談話，我也不會那麼急；要是那老頭兒告訴我雜技隊在甚麼地方表演，我也不會朝北面的米廠跑，當然更不會撞翻那女孩，因為事實上雜技表演是在南面的農機廠裏呀！嘻，我簡直毫不懷疑，我是世界上頭號頭號的倒霉人！

這天晚上，我翻過來轉過去，硬是睡不着。掌心裏的碎玻璃雖然讓醫生撿出來了，但還是鑽心的痛；屁股蛋上也辣豁豁的，那是爸爸用掃把打的。我想着自己這兩天遇到的倒霉事，心裏別提有多難過了！猛然，我想起了張老師給我的那張紙條，上面還不知寫了些甚麼呢。我從牀上坐了起來，拉亮電燈，掏出紙條，只見上面寫着：

梁沖，你先回去想想：你的倒霉事為甚麼那麼多？你所說的「倒霉運」究竟是甚麼東西？過一天我們再細談。

是呀，真該好好地想想了！說心裏話，我也真怕遇到倒霉事。我還這麼小，就遇上了那麼多的倒霉事，要是到了七老八十，積起來的倒霉事也能說它「一千零一夜」，那該吃多大的苦頭呀！躺在牀上，那紙條上的話老在我的腦海裏縈繞……

第二天上學，我怎麼也提不起勁來，身子軟軟的。體育課上，連我最喜歡的踢足球活動也沒好好參加。這天下午，老師在課堂上宣佈了一個消息：為了滿足同學們的要求，課外活動邀請雜技團來校表演。同學們都歡呼起來。連我自己也奇怪，我聽了竟一點也沒感到快活。想想吧，這兩天的倒霉事都是為了看雜技表演才發生的，今天真不知還會出現甚麼倒霉事呢！我實在嚇壞了。一天來，我總是小心翼翼的。直到課外活動，操場上裏三層外三層地圍成了一個大圓圈，我在第一排坐安定了，心裏才稍微輕鬆一點 —— 這下總能看到表演，不會再出甚麼問題了吧！

演出開始了。第一個節目是：「車技」。只見一個漂亮的

大姐姐騎着只有一隻輪子的車子，兩手空懸着，一會兒前進，一會兒後退，一會兒停住，一會兒又飛快地在操場上兜起了圈子——只有一隻輪子呀，瞧她騎得多麼穩當！後來又出來一輛自行車，一忽兒跳上一個大姐姐，一忽兒又跳上了一個大姐姐，三個、四個、五個……一輛小小的自行車，竟騎上去十個大姐姐，她們不斷地變換着造型，有時側斜着身子，像打開了一把美麗的摺扇；有時展開雙臂，又像一隻開屏的孔雀，真是又驚險又好看！同學們拼命地鼓起掌來，我高興得把甚麼都忘了，一個勁地跺腳——我一隻手掌上還包着白紗布，拍手是拍不響的呀！

報幕員報了第二個節目：「頂罈。」只見演員隊伍裏跑出了一個孩子，他長得又瘦又小，頭頂上還少了一圈頭髮。他恭恭敬敬地向觀眾鞠了一個躬後，在操場中間將一隻淡紅色的大罈用力拋了起來，接着身子往下一蹲，用頭頂猛地將罈接住。同學們都「啊」地驚叫起來——這大罈拎着沉甸甸，敲着噹噹響，是貨真價實的陶瓷做的，分量總不下三十來斤，這

麼重的傢伙落在頭頂上，不是要把腦袋也砸破了嗎？可是，瞧他簡直像是頂着一隻紙糊的大罈，輕輕鬆鬆、隨隨便便地讓它在頭頂上轉起了圈子。他一會兒正轉，一會兒反轉，一會兒又一拋，讓那罈子在空中翻個筋斗，用頭頂接住罈口的邊緣，還是轉；他能站着轉，坐着轉，還能走着轉⋯⋯那淡紅色的大罈在他頭頂上旋轉，簡直像一團正在燃燒的火炬，美極了！

我盯住他的面孔，恐怕有兩分鐘沒能透過一口氣

來——天哪！這不就是前天把我撞到渠道溝裏的那個瘦小子嗎？怪不得我一拳頭打過去，反而被他的頭頂彈了回來，我是碰到雜技團裏的「小鐵頭」啦！王立國也認出來了，他在旁邊拉拉我的衣服說：

「就是前天那個小癩子！就是他！」

事情就是這樣捉弄人。那小癩子繞着場子一邊走，一邊轉，正巧在我面前停下來，嚇得我「啊」地大叫了一聲。他聽見叫聲，朝我一看，不覺微微一怔，顯然他也認出我來了。他朝我笑了笑，很快走回場中間，拋下譚子，向觀眾一鞠躬，就退出場去了。

操場上又一次歡呼起來。可我呆呆地一動也不動，腦子裏亂哄哄的，連下面幾個節目也沒好好看……

演出結束了。要在平時，我早跟着同學們一塊圍着雜技隊問長問短了，還會去摸摸道具呢。這回我可不敢！一散場，我就端着凳子和王立國一起朝教室走去。忽然，王立國叫了起來：

「梁沖，不好！看那小癩子來找你了！」

我回頭一看，心一下子懸到了喉嚨口。只見他臂彎裏抄着

一件衣服，朝我奔來——完了！那天我撕壞了他的衣服，他肯

定是來要我賠衣服的。沒話說，這下又該我倒霉了！怎麼辦！

再和他打？那是無論如何不行的，他是有功夫的，我就是能變

出十個梁沖來，也打不過他呀！有甚麼辦法，等着倒霉吧！

他氣喘吁吁地在我面前停了下來，臉紅撲撲的，直盯着

我看，久久地沒說話。

我差點兒沒昏過去——這種沉默我可受不了，說不定他

是在運氣，等會兒猛地朝我肚皮上一頭頂過來，那不是甚麼

都完了嗎？我手裏拎着的凳子掉到了地上，背上的冷汗也冒了

出來，我開始向後退去……

他大概看出了我想跑的意思，終於開口了：

「你別跑，別跑！我是來向你道歉的，真的！前天我到

碼頭上去拿一件道具，心裏急了點，讓你跌了一身泥，請你

原諒！」

「……」我怔着，簡直不相信自己的耳朵。

「是的，我是真心誠意地來向你賠禮道歉的！當時我也火了，回去想想覺得很對不起你。其實，我讓你先過去也差不了幾分鐘呀！只怪我脾氣不好，不懂禮貌，請你一定原諒！」

我不知說甚麼好，過了半天才說：

「我，我也撕壞了你的衣……」

「衣服我早就補好了，不要緊，小事情……」他說了一連

串讓我寬心的話，還伸出手來握住我的手，完全是一副大人的氣派。

我只覺得鼻子酸溜溜的，眼淚一個勁地往外湧。就在這一剎那間，我彷彿明白了：我的倒霉事為甚麼那麼多，我交的「倒霉運」究竟是甚麼東西……

5. 痛苦的旅途

呀，火藥紙！

我揉了揉眼睛，湊過身，鼻子在玻璃櫃台上差不多快壓扁了，再細細一看 —— 一張張通紅的小方紙上，均勻地排列着一顆顆凸出的小圓粒 —— 啊哈，一點不錯，是實實在在的火藥紙！

我快活得真想大聲歡呼起來。

要知道，在我們偏僻的水鄉小鎮上是很少有這類東西賣的，我們玩鋼絲槍、攢炮只能用火柴頭代替。這次，我跟爸爸乘輪船到縣城，又從縣城轉乘火車來到常州嬸

嬸家過年，我一直留心着這東西，每走過一家商店都要進去看看。沒想到明天要回家了，今天卻在這家小店裏看到了它！

我連猶豫也沒猶豫一下，就掏出嬸嬸給我的一元「壓歲錢」，把它全部變成了火藥紙。

這一晚我真沒好好地睡，腦子裏老是出現回到小鎮後的情景：我像一個打了勝仗回來的大將軍，夥伴們都簇擁着我，這個向我討一粒火藥紙，那個向我討一粒火藥紙；隔壁小胖子甚至向我提出用一顆玻璃球換一粒火藥紙，哈，當我傻瓜，我才不要他的玻璃球呢，玻璃球和火藥紙相比能算甚麼玩意兒……我還想

起了小倩倩，當然我會給她火藥紙的，她是我鄰居，還和我同桌，她功課很好，還樂意幫助人，有時我落下了作業，都是她耐心幫我補上的；還有，我媽總說她長得俊，是哩，雖說她生在小鎮上，依我看城裏的小姑娘也比不上她⋯⋯

我把火藥紙小心地夾在寒假作業本裏，沒告訴爸爸，因為爸爸知道我這樣花錢是要說我的。

第二天一早，我們就踏上了歸程。

天氣多好啊！天空晴朗朗的，幾乎沒有風，初升的太陽給這城市的街道、建築物鍍上了一層金輝。我背着小包，踏着輕快的步子，跟着爸爸來到了熱鬧的火車站。啊，又要乘火車啦！記得我只是在四歲時才乘過一次火車，這次來又因為輪船脫班乘上的是夜車，窗外黑乎乎的，除了遠處的燈光外甚麼也看不清楚，真掃興！今天……嘖嘖，別提多美啦！

候車室裏的人羣騷動了起來 —— 開始檢票了！我夾在人羣中，慢慢朝檢票口走去。

猛然間，我停住了腳步！我看到了進口處的上方懸掛着一塊橫幅，上面寫着：

「嚴禁夾帶易燃易爆等危險物品上車！」

火藥紙，我的火藥紙！我是小學四年級學生，完全懂得橫幅上的意思，在課堂上我也曾聽老師說過，火藥紙就是易

燃易爆的危險物品。

天哪，現在這危險物品就夾在我的練習本裏！

旅客一個個地進站了。我心慌極了，簡直沒有力氣挪動步子，我之所以還能慢慢朝前移動，完全是靠後面的人推的。

來到檢票口，我睜大着驚恐的眼睛直盯着檢票的阿姨看，怎麼也不敢再朝前走一步。爸爸走在前面，他回頭見我這副樣子，又奇怪又惱火，他大聲說：

「票都檢過了，還不快走！」

我呆呆地愣着，還是沒動。

爸爸發火了：「你是怎麼搞的？火車已進站了，還呆頭呆腦像個木頭人！」他說着，一把將我拖進了站台。

很快，我又被擁進了車廂。

火車喘息了幾下，又發出一聲長鳴，緩緩啟動了，那「咔嚓、咔嚓」鏗鏘的節奏越來越快。我坐在靠窗的一個位置上，心跳簡直比那急速的車輪聲還快。我的天！我在買火藥紙的時候怎麼一點沒想到它是不可以帶上車的？剛才看到橫幅

上的字，我怎麼沒把火藥紙處理掉而居然上了車？可現在，
唉！一切都晚了……

車廂在輕輕地搖晃着，窗外的景物飛快地朝後掠去。我
把手插進身邊的小包裏，並努力用拇指和食指把練習本叉開。
我知道，火藥紙只有經過磨擦才能起火，我這樣把練習本叉
開，讓它們安安靜靜、不很擁擠地「站」在裏面，也許不會出
甚麼問題了。儘管我有這一絲僥倖的心理，但心情仍然一點不
見輕鬆 —— 萬一有人來檢查，萬一車廂裏氣温高，萬一有人
撞我一下使練習本猛地一合，萬一……

我的神經處於最緊張狀態，我的心弦繃得緊緊的，我的
腦子裏只有火藥紙、火藥紙！不知不覺，我伸進小包的手因為

懸空着開始發痠了，奇怪的是手臂一痠牽連着手指也痠，我不得不讓其他的幾個指頭輪流派上用場，別看我的手指、手臂只負擔幾頁簡直說不上有分量的紙頭，但一直這樣懸空着不動也真讓人受不了。不信，你甚麼東西也別拿，讓手臂懸空伸直五分鐘試試。過了一會兒，我手實在痠得沒法，只得將另一隻手伸進去替換，這種替換又必須小心地、輕輕地……我真懷疑自己能否堅持到最後，因為現在才過了一個小站，到家鄉的縣城還有兩個小時吶！但我咬緊牙關，下定了決心，就是吃再大的苦，也不能讓練習本合上！

爸爸忙着把包放到行李架上，到車廂盡頭去泡茶，坐穩後又和對面座位上的一位老伯伯聊起了天，也沒注意我。

好像一切都在和我作對，火車竟也有急剎車！大概又到了一個站頭，車身猛地一頓——真要命，它一點不考慮考慮我的兩隻手正同時伸在包裹，在進行極其小心的「替換」，這突然一頓，使我穩不住身子，下巴頦猛一下撞在面前的茶几上，疼得我嘴都咧到了一邊；我的手還沒「替換」好，又不能

伸出來揉，只能狼狽地把下巴頦抵到胸前的衣領上來來回回地磨蹭。

爸爸這才注意了我，他驚詫地看着我，說：

「你今天是怎麼了？你的手就不能放在茶几上嗎？看你的下巴撞得這麼紅！」

我沒回答爸爸，心裏說：爸爸，你可不知道我在幹多麼重要的事情，我的手根本不能伸出來呀！幸虧我這時沒伸出來，要不，這火車一頓，練習本猛地一合，那可糟啦！下巴疼一點有甚麼關係，再說，我現在已經一點不覺得疼了……

過了一會兒，新花樣又來了。對面座位上那位老伯伯拿出一隻大蜜橘，笑嘻嘻地遞給我，說：

「小弟弟，吃橘子。」

說實話，我這時身上燥熱、嘴巴乾渴，真想讓這又甜又涼的橘子潤潤喉嚨，我說了聲「謝謝」，伸出一隻空着的手接過了橘子。天知道，我竟不能剝開它！我用大拇指摳進橘子，又借助茶几台板想把皮摳下來，可橘子老是打滑，我把它翻過

來轉過去摳了半天，那皮還是死活剝不下來。不知怎的，我變得一點不感激那位老伯伯，他為甚麼不給我一隻洗乾淨的蘋果讓我抓起來就好啃，偏偏給我一隻需要用兩隻手剝開才能吃的蜜橘呢？真是！

爸爸朝我看了半天，他大概實在奇怪透了：

「你的另一隻手是斷了還是怎麼的，老是伸在包裹幹甚麼？你長這麼大了，難道橘子還要我幫你剝嗎？」

「不，不，爸爸！」我慌忙說，「我不想吃橘子，我怕酸，真的！你看我的一顆牙齒還『蛀』的呢！」我嚥了下口水，懊惱而傷心地把橘子放到一邊。我心裏真不是滋味。想想吧，桌上擺着這麼好吃的東西，我明明想吃卻又不能吃，這不是活受罪嗎！

爸爸搖搖頭，歎了口氣，不作聲了。

火車在疾馳着。窗外一排排樹木飛快地朝後倒去，路邊的行人、水牛、河塘一閃即逝，遠處的小丘、房舍、原野也緩緩地朝後奔走着。我原先渴望在火車上看風景的心情一點也

沒了，佔據我整個腦子的只是火藥紙、火藥紙……

正當我的心情比剛上車時稍微安穩一些時，突然，廣播喇叭中斷了音樂，傳來了一位女播音員的聲音：

「旅客請注意！旅客請注意！為了保證列車安全，列車上嚴禁夾帶汽油、香蕉水、火藥紙、爆竹及雷管、火藥等易燃易爆物品，以免造成危險……」

我的腦袋嗡地一聲炸響了，下面的話也沒能聽清楚。我驚慌地朝四周望了望，覺得周圍旅客的眼睛都像一支支利箭射向我，彷彿他們都已知道我包裹藏着甚麼，隨時隨地都準備揭發我！包裹的那幾張火藥紙在「簌簌」抖動，那是因為我伸進包裹的手在顫抖。我垂下頭，身子蜷縮在角落裏，我多麼希望自己變小、變小，變成衣帽鈎上的一頂帽子、一條圍巾，或者變成行李架上的一隻小包、一盒糕點，叫誰也注意不到我。

偏偏在這時，車廂盡頭出現了一位身穿制服的乘警，他正慢慢地朝我這邊走來。乘警的突然出現，不亞於一個晴天霹靂！我嚇得氣也喘不過來，差點大聲叫起來！我忽然覺得自

己確實在變，但不是變小，而是變大、變大，頭變得像笆斗樣大，身子變得像柴油桶般粗，成了車廂裏最高最大的巨人，人人都在注意我，我身邊的那隻小包也變得像一顆巨大的定時炸彈那樣引人注目。毫無疑問，那乘警肯定是來檢查我的。哦，如果他查出了火藥紙，會不會說我是罪犯，會不會說我是有意破壞，會不會讓我戴上手銬、剃着光頭去坐牢……

我的眼睛裏湧出了淚水。如果我真被抓去坐牢，我要爸爸回去告訴媽媽，叫她別難過、別哭，我會回來的；我要爸爸把我的寒假作業本交給老師，告訴她我是認真做的，雖然後來我用作業本藏了火藥紙；還有，我想和小倩倩說幾句告別的話，如果不能見面，寫封信給她也行，讓她知道，我在買火藥紙的時候完全忘記了它是不可以帶上車的，這樣的事情每個人都可能發生的；我還要她告訴班上的同學，我雖然犯了錯誤，但不是有意的……

乘警越來越近了。

我變得甚麼也不想，腦子裏空蕩蕩的，渾身像麻木了一

般，我只是在等待着出現這樣的情景：乘警走到我面前，停住，檢查我的包，掏出手銬，「咔嚓」銬住我的手；接着，命令我跟他走，押下車；最後，坐牢……

然而，甚麼情況也沒發生，那乘警走近我們的座位，稍微頓了一下，好像又掃了我一眼，就從我們的身邊走過去了。

難道他一點沒發現我包裹有危險品？難道他對我根本就沒懷疑？不，不會的！這些乘警都是有本領的人，像孫悟空一樣有火眼金睛，不管甚麼事情都能一眼看出來的。也許他明明知道我帶有火藥紙，只是不說，看我自覺不自覺。好像在學校裏我做了錯事，老師明明知道了而故意不找我「談話」，為了讓我「自覺」一樣。要不，他怎麼會平白無故地在我們的座位邊頓了一下，怎麼會平白無故地掃我一眼呢？哦，要是他真的已經看出來了，我再不「自覺」，那不是罪加一等嗎？

怎麼辦？怎麼辦？

趕快追上那乘警去「自覺」地承認錯誤？噢，不行！這可不是在學校裏和誰打了一架，或在上課的時候看小人書、做

小動作，這是在火車上帶火藥紙，是犯法的呀！戴手銬、剃光頭、坐牢可不像在老師辦公室裏站上五分鐘、十分鐘那樣輕鬆啊！

怎麼辦？怎麼辦？

我又急又怕，想呀想，可腦袋裏像被誰灌了一桶糨糊，滿腦袋混混沌沌、糊裏糊塗……

恍惚間，只聽得「嗮」一聲響，隨即，車廂裏彌漫起一股煙味……

啊，不好了！火藥紙起火啦！

頓時，車廂裏燃燒了起來，漫天大火，濃煙滾滾，嗆得人直咳嗽……

「啊——」我驚叫了起來。

「噢，我的老天爺！你今天到底是怎麼了，大白天做噩夢？你這樣大叫不要把人嚇出心臟病來？」爸爸一邊揉着自己的胸口，一邊抓住我的胳膊搖了搖我。

我清醒了過來。

我揉了揉眼睛：四周還是原來的樣子，火車依舊在奔馳着。停了一會兒，我才明白：「嘞」的聲音是爸爸劃火柴的響聲，彌漫的煙味是爸爸在抽煙，咳嗽聲是對面旅客發出來的……

我舒了口氣。原來，緊張、害怕、焦急使得我極度的疲勞，剛才我想着想着，竟不知不覺打起了瞌睡。

這時，對面的老伯伯對我爸爸說：

「你的孩子是不是病了？」

我一點不奇怪人家會說我有病，我相信我的額上、鼻尖上一定佈滿了水珠 —— 那是冷汗；我的臉色一定像一張白紙 —— 慘白慘白。

爸爸也重視了起來，他摸了摸我的額角，說：

「喲，一頭汗！你哪裏不舒服？」

我趕緊搖搖頭，說：

「不，不，我很好。只是有點……嗯、嗯，熱……」

其實，我渾身不舒服吶！這巨大的痛苦折磨得我受不了

了，這提心吊膽的時光我一分鐘也不願過！

火藥紙，都怪那可恨的火藥紙！

火車在飛馳着。窗外出現了一個明鏡般平靜的巨大湖面，有些座位上的旅客叫了起來：「陽澄湖！陽澄湖！」我聽爸爸說過，看到了陽澄湖也就是快到家了。果然，一會兒，不遠處又出現了一座狀如馬鞍的小山，這山我也認識，還爬過一次，那不就是崑山嗎！啊，我這一瞌睡也不知瞌了多長時間，前面一站竟是我們該下車的地方了。我不由得活動了一下依然伸在包裹的快麻木了的手指——突然，我發現我的手指上濕乎乎的盡是汗水，這一發現使我大吃一驚！出汗說明包裹的溫度高，火藥紙遇到高溫……我不敢想下去了，我的心撲通、撲通地跳得更厲害了，夢中的情景又彷彿出現在眼前！

能不能再堅持一下，只有七八分鐘就可以下車了？不！不！在最後這幾分鐘裏，如果、萬一、不巧、偏偏……不行！許多事情往往就壞在最後，就像上次小胖子盪鞦韆，人

家勸他繩子不牢別盪了，他說再盪最後兩下，可就在最後兩

下中出了危險……

危險！危險！我的腦子裏像一架打開的留聲機遇上了一

張壞唱片，老在一個旋紋裏轉：危險！危險！危險……

不能再等了，無論如何得想個辦法！

「咔嚓、咔嚓、咔嚓……」這哪裏是火車鏗鏘的車輪聲，

分明是定時炸彈上秒針的走動聲：「嘀嗒、嘀嗒、嘀嗒……」

「嘀嗒、嘀嗒、嘀嗒……」這哪裏是定時炸彈上秒針的走

動聲，分明是在急切地向我呼喊：「危險！危險！危險……」

我急得大汗淋漓。

嘭！……燃燒……火光……翻車……慘叫……光頭……

手銬……牢房……媽媽哭喪的臉……小倩倩、夥伴們憎恨的

眼光……

我急得快暈過去了。車廂在旋轉，窗外的景物在旋轉，

一切在旋轉、旋轉，化成了一幅幅可怕的圖景……

猛然間，一陣涼風從窗外吹了進來，我不禁打了個寒

顫 —— 是爸爸打開了車窗 —— 他在整理行李準備下車了。

沒想到，這一陣涼風卻把我熱烘烘、渾濁濁的腦袋給吹清醒了 —— 啊！把火藥紙扔掉，像扔空香煙殼一樣扔掉！多麼簡單的辦法！照理一上車就應該馬上想到的辦法，卻過了兩個多鐘頭才想到，而在這兩個多鐘頭裏我吃了多少苦頭啊！

傻瓜，真是天底下頭號大傻瓜！

爸爸正想關窗，我一邊叫他「慢」，一邊飛快地將包裹的火藥紙抓出來，像買它的時候一樣，連猶豫也沒猶豫一下，就將它扔出了窗外。

風，掀起了那幾張通紅的火藥紙，使它們像幾朵燃燒着的火苗，漸漸地，火苗飄遠了，危險也隨着飄走了！

爸爸目瞪口呆地看着窗外飛遠的火藥紙，又回頭驚奇地看看我；我則倒在椅子裏長長地舒了口氣，感到渾身輕鬆，就像一塊壓在我心頭的沉重的大石頭剛剛被人搬走一樣……

後　記

這套注音本裏所收的短篇小説是我最初的創作：

　　那時，兒童文學創作界深受前輩陳伯吹先生兒童文學理論的影響，把兒童情趣的營造當做很高的追求，其實這沒錯也非淺薄，兒童情趣也是兒童文學區別於其他文學門類的重要特徵。事實上，兒童情趣的獲得是極難的，要達到「妙趣橫生」的境界談何容易，就像幽默感這麼高貴的東西不是誰都能擁有的一樣。這些小説中許多調皮的孩子身上都有我童年的影子，雖説那個年代物質匱乏、生活清苦，但我們無比快樂，我們可以盡情地奔跑追逐、嬉戲玩耍，我們和大自然、小動物有親密的接觸，我們能發明層出不窮的玩的花樣……相比現在的孩子沉重的學業、對成績和名校過分的追求，我們的童年是多麼的幸運！其實，「會玩」是值得推崇的，在「玩」的裏面隱含着無盡的想像力和創造力。我相信，一個「會玩」的孩子一定身體健康、心理陽光、充滿情趣，你説對孩子還有甚麼比這更高的期盼！

這套注音本裏還有一批抒情性的小説：

那時「以情見長」、「以情感人」的文學理念非常流行，所以有一段不太長的時間我無論在選材上還是在行筆上，很刻意地去追求純情和唯美，我努力想把自己感受到的一些美好的情愫傳達給孩子。而今，當我再度讀到我那時寫下的文字，有時會為自己當初的稚嫩而啞然失笑，有時卻又為自己感動，感動自己年輕的時候竟有那麼純真美好的情懷。我嘗試着把這些作品讀給我9歲的孫子聽，他竟聽得極為入神，我稍停片刻，他就迫不及待地催問後來呢、後來呢。我把關心姐姐在電台裏誦讀的我的作品片斷播放給他聽，他更是聽得如痴如醉。孩子確實需要美好情感的滋養，這樣，快樂和高雅會陪伴着他的人生。

希望小朋友們能喜歡我的這些作品。

劉健屏

2018年1月

責任編輯　楊紫東　楊禾語

裝幀設計　鄧佩儀

排　版　鄧佩儀

印　務　劉漢舉

兒童成長故事注音本

演反派的叔叔

劉健屏　著

出版｜中華教育

香港北角英皇道 499 號北角工業大廈 1 樓 B 室

電話：(852) 2137 2338　傳真：(852) 2713 8202

電子郵件：info@chunghwabook.com.hk

網址：http://www.chunghwabook.com.hk

發行｜香港聯合書刊物流有限公司

香港新界荃灣德士古道 220-248 號荃灣工業中心 16 樓

電話：(852) 2150 2100　傳真：(852) 2407 3062

電子郵件：info@suplogistics.com.hk

印刷｜美雅印刷製本有限公司

香港觀塘榮業街 6 號海濱工業大廈 4 字樓 A 室

版次｜ 2022 年 12 月第 1 版第 1 次印刷

©2022 中華教育

規格｜ 16 開 (210mm x 170mm)

ISBN｜ 978-988-8809-22-6